EL INDIGENTE

JA PÉREZ

El Indigente

Keen Sight Books

Puede encontrarnos en la red en: www.KeenSightBooks.com
Reportar errores de imprenta a errata@keensightbooks.com

ISBN: 978-1947193154

Printed in the U.S.A.

agradecimientos

Quiero agradecer a mi Dios, por su gracia y el privilegio de vivir. A mi esposa e hijos, quienes pacientemente me prestan de su tiempo para escribir. A mi madre por su ayuda en las correcciones a los manuscritos.

A nuestros dos hermosos gatos que fielmente me acompañan y duermen sobre la mesa mientras escribo.

Contenido

Profeta errante, sabio o un simple pordiosero

El frágil viejo hombre de larga barba blanca y escasa cabellera enrollado en un manto color arena se sienta cada día a un lado del portón del antiguo monasterio.

—Por dos semanas ha permanecido ahí —comenta uno de los monjes que diariamente sube a cumplir sus votos por el camino de piedras que viene de la aldea— paciente y con rostro feliz, como si esperara a alguien sin estar de prisa.

No saben de donde es. El anciano con piel añejada, algo dañada por el sol ha despertado la curiosidad de los aldeanos.

—Siempre responde al saludo —añade el monje— y su apacible mirada y débil sonrisa al saludar me dice que no es un hombre común —por lo menos no de estos rumbos.

En esta aldea, agobiada por los dolores que han dejado pasadas guerras, y la escasez después de dos largos inviernos, la gente ha perdido el deseo de sonreír. Se muestran impacientes y desconfiados.

—Definitivamente este hombre no es de por acá —es el consenso en la mente de los ya muy curiosos aldeanos.

¿A qué habrá venido? ¿Por qué se sienta cada día a la entrada del monasterio?

Los aldeanos saben que no es limosnero, pues aunque la apariencia lo indique, el viejo hombre no ha pedido nada a nadie desde que apareció en el lugar. Y todos saben —aun los monjes— que este señor posee algo que ha escaseado por mucho tiempo en estos rumbos.

Su mirada lo indica. El visitante está lleno de una profunda paz. Como si una inmensa tranquilidad lo rodeara. Y los oriundos, aunque no han oído salir ni una sola palabra de sus labios, saben que este hombre es diferente, que tiene gestos que indican benevolencia, y sus intenciones —cualesquiera que sean— son de bien.

Y hoy, a la puesta del sol, en uno de los rincones de la aldea, uno de los habitantes de este lugar conversa con el monje, y (tapando su boca con su mano y susurrándole al oído) le dice a éste:

—Este no es un simple pordiosero, quizá sea un sabio, un profeta errante que viene de lejanas tierras... o alguien que ha sido enviado a sanar la amargura de un pueblo en el olvido, pero no un simple pordiosero.

2

Monje Humilde

Tres semanas han pasado desde el día en que el anciano apareció por primera vez sentado a un lado del portón del antiguo monasterio.

Hoy temprano, mientras que el viejo hombre partía una fruta que había caído del árbol cuya sombra cubre todo el portón durante la mañana, notó que se acercaba hacia él el amigable monje que le ha saludado amablemente cada día.

—¡Buen día señor! —dijo en voz alta el monje, y continuó— mi nombre es Saverio y veo que los pájaros le han ayudado hoy, comiendo parte de la fruta y dejándole a usted la otra mitad.

—Los pájaros y yo compartimos la misma creación —respondió con alegría el anciano— no necesitamos nada que la tierra no pueda proveer.

—Las frutas están altas y si no hubiesen llegado los pájaros no hubiese podido comer, pues ellos tumbaron la fruta —contesta con tono sarcástico el religioso.

—Pero siempre llegan amigo monje Saverio —responde con paciencia el anciano— los pájaros llegan siempre a tiempo.

Detrás del monje, otro segundo, quien por el camino de piedras viene lentamente con sus manos dentro de las amplias mangas.

El monje Saverio le llama haciendo señal con los dedos.

—Te presento a Juan Jacinto, que es mi compañero en votos de humildad —dice el monje al anciano haciendo un gesto delicado con su mano, como indicando a su compañero que estreche la mano del viejo hombre.

—Juan Jacinto es mi buen hermano en la fe y compartimos la misma mesa en el monasterio por más de quince años —añade el monje Saverio.

De pronto el segundo monje sonríe sacudiendo la cabeza y estrecha la mano del anciano.

—Mucho gusto, pero mi nombre no es Juan Jacinto... es Juan José. Mi hermano monje siempre confunde mi nombre y lo ha hecho ya por quince años.

—La manera en que presentas a alguien, determina el tamaño de tu ego, —son las palabras del viejo hombre y añade mirando fijamente al monje Saverio— cuando conocemos a alguien y dedicamos el tiempo y el esfuerzo para aprender y recordar su nombre, estamos comunicándole respeto, lo cual es la base fundamental de toda relación. Cuando presentas a alguien y no te acuerdas de su nombre, lo que estás diciendo es que para ti esa persona no significa mucho.

—¿Me dijo que tenía voto de humildad amado monje? —pregunta además el anciano.

—La humildad comienza cuando presentas a alguien como más importante que tú. De hecho, debes de pensar de todos como mayores que tú —continuó diciendo el anciano— y entonces refirió una historia.

—Existió en tierras lejos de aquí un profeta llamado Juan. Este era poderoso de tal manera que sus palabras atemorizaban al rey. Aunque este profeta parecía ser un pordiosero, pues vivía en el desierto y vestía pelos de camello, la gente lo respetaba y venía a él para ser sumergidos en las aguas —un ritual antiguo de purificación.

Un día llegó a él otro profeta para ser sumergido en las aguas, a quien Juan presentó diciendo que no era digno de desatar la correa de su calzado, dándole a este otro el lugar que ciertamente merecía.

—¿Habrá perdido Juan el respeto de la gente por haber presentado al otro profeta como mayor que él?

—De ninguna manera —continuó diciendo el anciano— pues más tarde este otro profeta se refirió a él diciendo que, nacido de mujer, nadie era mayor que Juan.

—Así amado monje Saverio... cuando presentas a alguien, debes estar seguro de recordar su nombre —concluyó el anciano.

De esta manera los monjes inclinaron sus rostros en señal de haber recibido la lección y abrazaron al anciano para dirigirse hacia el interior del monasterio.

La mujer del velo negro

El anciano se baña en el río que pasa por detrás del monasterio. Hoy ha lavado su manto y mientras éste es secado por los rayos del sol, colgado en las ramas de un árbol, el viejo hombre reposa en la orilla, acostado sobre la hierba y con su espalda al sol.

El amigable monje Saverio, que siempre saluda al anciano en el camino de piedras que sube al monasterio hoy no le ha encontrado a un lado del portón.

Ya dentro del monasterio, su hermano de votos, el monje Rodrigo, le dice que ha visto al anciano a un lado del río, a unos pasos del puente de sogas y madera que es suspendido por las dos grandes ceibas que crecen a ambos lados del río.

—¿Se encuentra solo? —pregunta el monje Saverio.

—No. —responde el monje Rodrigo y añade: Le vi temprano cuando descendía al río. Dicho sea de paso, le vi conversar con la mujer del velo negro. Si conociera el pasado de esa señora de seguro no se pararía a hablar con ella, pues al ver los modales del anciano, se puede deducir que es hombre decente —aunque indigente.

—¡Que horror hermano Rodrigo! Esa mujer tiene sombra de muerte. Sería bueno advertir al extranjero.

—Me voy camino al río —añade el monje Saverio, quien sale de prisa por el antiguo portón.

Llegando al río, encuentra al anciano acostado en la hierba con espaldas al sol.

Al acercarse, puede ver las marcas en las espaldas del anciano. Marcas como de latigazos, como las que muestran aquellos aldeanos que fueron prisioneros torturados en pasadas guerras.

Esto eleva aún más la curiosidad del monje, quien desde que el anciano apareció en la aldea, no ha parado de interesarse por saber los misterios que rodean a esta elegante pero incógnita personalidad.

—¡Buenos días señor! —exclama en voz alta el monje.

—¿Son esas cicatrices de latigazos, las que lleva en sus espaldas querido amigo? —pregunta el monje.

El anciano se levanta lentamente de la hierba apoyándose de una vara y extiende su mano derecha como para recibir ayuda del curioso monje y totalmente ponerse sobre sus pies.

Luego sonríe mirando al monje a los ojos y le dice: —¡La curiosidad te domina amado monje!

Inmediatamente el monje Saverio le hace una segunda pregunta: —¿Ha hablado con la mujer del velo negro querido anciano? Quizá es sabio que le advierta que no es saludable para su reputación hablar con esa mujer. Ella tiene un pasado muy oscuro y todos en la aldea evitan hablar con ella.

—Le voy a hacer la historia de esta mujer —continúa diciendo el monje.

—No es necesario —interrumpe el anciano—, eso está en el pasado.

—Además mi amado monje, todos tenemos algún tipo de pasado. Algunas cicatrices se llevan en las espaldas, otras se llevan en el alma. Lo importante es que son cicatrices. Heridas que ya están cerradas.

—Usted mi amado monje, es un hombre que sirve a Dios. En el libro más importante que ustedes leen dentro del monasterio, existe un pasaje escrito por aquél hombre erudito que vino a ser mensajero a nosotros los paganos.

El dice: ¿Quien nos acusa? Dios es el que justifica... también dice que ni ángeles, ni principados, ni potestades, ni lo presente, ni lo por venir, ni lo alto, ni lo profundo, ni ninguna otra cosa creada nos podrá separar del amor de Dios.

—Nada mi amado monje, absolutamente nada te puede separar del amor de Dios. Ni aún tus errores. Su amor es basado en quien Él es y no en lo que tu hagas... o hayas hecho.

Esta tarde, el monje Saverio regresó al

monasterio con lágrimas en los ojos y contó a sus hermanos lo que le había dicho el anciano. Los monjes lloraron y rogaron a su Dios por perdón.

El monje Rodrigo ofreció que le llevarán frutas a la mujer del velo negro, y varios monjes juntos llevaron a cabo la tarea.

—Verdaderamente este anciano es como un profeta —comentó el monje Rodrigo— un mensajero... alguien enviado a sanar nuestra aldea.

—¡Quizá Dios se ha acordado de nosotros! —fueron las palabras de otro monje.

Así bajó la tarde y las lámparas de la aldea comenzaron a alumbrar.

4

El banquete y las viudas

Muchas viudas en la aldea.

La parte occidental de este pequeño país ha sido atribulada durante décadas por bandas de merodeadores que salen de la parte oriental. Estos no se someten a ningún rey. No tienen leyes ni reglas. La maldad parece ser su única motivación.

—Muchos hombres han muerto tratando de defender estas tierras. Han dejado hijos huérfanos y mujeres viudas sobre todo en nuestra aldea, la cual fue en un tiempo tierra próspera y muy codiciada por aquellos del oriente —son las palabras del monje Saverio a la junta de apartados en el consejo del monasterio.

El monje continúa diciendo: —Mañana tendremos la visita del rey. Prepararemos gran manjar para recibirle. Ordeno a todos los monjes a que salgamos y pidamos limosnas en todas las esquinas de nuestra aldea para recibir con gracia al buen rey.

—También tendremos la oportunidad —continuó diciendo Saverio— para exponer al rey la causa de las viudas, si es que existe alguna manera de poderles ayudar.

Así sucedió. Los monjes recogieron suficiente dinero y prepararon una gran fiesta. Suficiente vino de uvas, carnes y pasteles llenaron hasta rebosar la gran mesa. Las entradas del monasterio fueron adornadas con hermosos jardines colgantes. Gran banquete habrá hoy en la aldea. Los aldeanos mostrarán su respeto y amor por su gran rey.

Ya son las primeras luces de la mañana y desde lejos se oyen la trompetas. La puerta de la ciudad ha sido hermosamente adornada, y rosas cortadas han sido delicadamente puestas a ambos lados del camino que va desde la puerta de la ciudad hasta su final, en la parte más alta, en la entrada del monasterio.

El rey y su corte se asoman en el horizonte, allá donde sale el sol. Es un día resplandeciente y los aldeanos han salido a recibir a su rey. Arrojando pétalos de rosas desde ambos lados del camino, con amor estos celebran la entrada del rey.

Hoy es día de fiesta, de gran celebración.

El rey avanza hasta llegar al monasterio y una vez dentro del patio interior procede a la larga mesa central donde disfrutará del gran manjar que han preparado los monjes.

Horas más tarde, ya después de haber comido y bebido, el rey comienza ha hablar con los monjes sobre los asuntos más urgentes y las necesidades más apremiantes de la aldea.

¡Las viudas! —exclama uno de los monjes— las viudas son la necesidad más apremiante. Algunas pasan hambre, especialmente en el invierno.

Así es —dice el monje Saverio. —Especialmente las viudas que viven al otro lado del río.

—Quisiera conocerlas y ver de cerca cuales son las necesidades —dijo el rey y añadió— vayamos al otro lado del río.

Poniéndose en marcha los monjes, el rey y la corte militar que le acompaña, emprenden camino hacia el río para cruzar el puente de sogas y madera que es suspendido por las dos grandes ceibas que crecen a ambos lados del río.

Acercándose al río, antes de cruzar el puente el rey nota desde lejos que un anciano de larga barba blanca está sentado a la sombra de un árbol.

¿Quién es? —pregunta el rey.

—Es un anciano indigente que llegó a la aldea —responde el monje Rodrigo— no sabemos mucho de él, excepto que tiene elegantes modales y parece ser un hombre de profundo conocimiento.

—¡Acerquémonos! —exclamó el rey con mucha curiosidad quien añadió— su silueta me parece conocida.

Así se acercaron y cuando el rey lo pudo ver de cerca quedó muy sorprendido, con una expresión de admiración y sorpresa, el rey descendió de su caballo y caminando apresuradamente en dirección al anciano extendió sus brazos anchamente para abrazarlo diciendo: —¡Viva Dios! Hoy es un día especial, por fin te encuentro gran amigo.

Además dijo el rey: —Benditos son los ojos que te ven. He buscado por toda la tierra viejo amigo. Hoy soy un rey dichoso por saber que vives.

El anciano abrazó al rey con gran respeto y reverencia y dijo: —Yo también alabo a Dios mi gran rey. Nuestros destinos de nuevo se enlazan, y esto es de gran gozo para los huesos de este viejo, tu siervo.

El rey, después de abrazarle y regocijarse por el encuentro le invitó a que les acompañara, el anciano estuvo de acuerdo y el rey lo ayudó a subir a su caballo. Ambos sobre la montura de la hermosa bestia real, se dirigieron a cruzar el puente de sogas y madera, camino al otro lado del río para visitar a las viudas de la aldea.

El profeta, la viuda y el rey

Llegando al otro lado del río y penetrando a la parte de la aldea donde habitan la mayor parte de las viudas, el rey, su corte militar, los monjes y el anciano son recibidos con mucho amor. Un grupo de mujeres ancianas se acercan, el rey y el anciano descienden del caballo real y todos se sientan para conversar debajo de una gran arboleda.

El rey les dice que sus esposos fueron héroes, grandes valientes de guerra y que su reinado no solo tenía gran gratitud por el máximo sacrificio que estos realizaron para defender la nación.

También dijo el rey: —Estamos eternamente en deuda con ustedes y sus familias.

—¿Qué podemos hacer para ayudar a las viudas? —preguntó el rey. —Somos un país pequeño y de pocos recursos, dañado por las guerras —añadió— pero queremos ayudar a las viudas.

De pronto, el anciano de larga barba blanca levantó su voz y dijo: —La respuesta no está en el palacio ni en las cortes reales mi gran rey. Tampoco está en los impuestos que recoge el gobierno real.

—La respuesta —dijo el anciano— está aquí en la aldea. Si miramos con cuidado podremos ver que la solución para resolver el problema del sustento de las viudas ya está en nuestras manos. De hecho, la respuesta está en el libro que guardan los monjes en el monasterio, los cuales poco leen.

Entonces el anciano procedió a contar una historia muy antigua.

—Hace muchos años —comenzó a contar el anciano— hubo una nación de la cual habla ese libro que tienen los monjes. En esta nación había una viuda, la cual estaba en deuda y el acreedor vino a tomar sus dos hijos por esclavos, lo cual era costumbre antigua.

También había en esa ciudad un profeta. Esta mujer, estando muy angustiada vino a pedir ayuda al profeta. El profeta la ayudó haciéndole una pregunta... ¿Qué tienes en casa?

Como pueden ver mi señor rey y mis amigos monjes, la mayor parte de las veces esperamos que la respuesta a nuestros problemas venga de afuera cuando la solución ya está en nosotros.

El resto de la historia dice que la viuda le respondió al profeta: —Tu sierva ninguna cosa tiene en casa, sino una vasija de aceite.

El profeta le dijo: —Ve y pide para ti vasijas prestadas de todos tus vecinos, vasijas vacías, no pocas. Entra luego, y enciérrate tú y tus hijos, y echa en todas las vasijas, y cuando una esté llena, ponla aparte.

Y se fue la mujer, y cerró la puerta encerrándose ella y sus hijos; y ellos le traían las vasijas, y ella echaba del aceite.

Cuando las vasijas estuvieron llenas, dijo a un hijo suyo: —Tráeme aún otras vasijas. Y él dijo: —No hay más vasijas. Entonces cesó el aceite.

Entonces el profeta le dijo: —Vende el aceite, y paga a tus acreedores; y tú y tus hijos vivid de lo que quede.

—Como ven ustedes, cuando usamos lo que tenemos a la mano, entonces pueden suceder milagros —concluyó el anciano.

Entonces los monjes preguntaron al anciano: —¿Qué cree usted que tenemos nosotros en esta humilde aldea?

El anciano respondió. —Tienen una rica tierra. Esa fue la razón por la que muchos enemigos en el pasado prefirieron venir a saquear aquí. Además he visto cabras sueltas por toda la llanura, cabras errantes, sin dueño.

—Propongo que los monjes oren menos y trabajen más —añadió el anciano— yo les enseñaré a cómo sacarle fruto a la tierra. También propongo que las viudas procuren la leche de todas esas cabras. Yo tengo el secreto de cómo hacer el mejor queso de toda esta nación. Con mi secreto y la leche de las cabras, podremos producir el mejor queso de todo el occidente. Manos a la obra... ¿Qué esperáis?

Los primeros frutos

En la aldea se respira un aire diferente. Han pasado seis meses desde la visita del rey y muchas cosas han cambiado.

Con la receta secreta del queso y la leche de las cabras, las viudas de la aldea han logrado levantar un gran comercio que ya comienza a distribuir queso a todas las provincias del país.

Desde hace seis meses los monjes han comenzado a cultivar la tierra la cual es muy fructífera. Estos ahora hacen sus oraciones temprano en la madrugada y todos en comunidad trabajan la tierra. Mujeres y hombres de todas las edades participan de esta hermosa labor, y todos se esfuerzan y encuentran gran satisfacción en su trabajo... como que un nuevo sentido de propósito ha llegado a la aldea. Un ánimo fresco y renovado. Una nueva esperanza del futuro.

Hoy, temprano, cuando aun todavía el rocío de la noche está sobre la hierba, los monjes, después de la oración se han dirigido hacia la parte de afuera del portón del monasterio, al árbol de la entrada, donde cada noche duerme el anciano indigente pero que ahora ya todos saben que es sabio.

Aunque el anciano es querido por los monjes, y estos le han invitado a venir y posar en la comodidad de uno de los cuartos del monasterio, éste no ha accedido. Él prefiere dormir debajo de ese árbol que está afuera del monasterio. Algunos aldeanos comentan que en las noches, cuando pasan cerca del lugar pueden escuchar al anciano susurrar en voz baja, como si hablara con el árbol o quizá con alguien invisible. Esto despierta gran curiosidad, más nadie se atreve a preguntarle.

Hoy es el primer día de la cosecha de las viandas. Aquellas plantas que dan su fruto debajo de la tierra han sido bien cuidadas por los monjes y aldeanos y ahora, ya ha llegado la hora de participar de los frutos.

El anciano tiene un almanaque que indica los días anuales de siembra y cosecha y siguiendo sus instrucciones, en este día, todos en la aldea, grandes y pequeños, viejos y jóvenes se han congregado en gran unidad y con gran gozo para cosechar los frutos de su sudor.

Las mujeres de la aldea han tejido sacos de hilos que serán usados para guardar las viandas una vez cosechadas.

La tierra de esta aldea es roja, rica en mineral, y las primeras viandas que son sacadas a la superficie son grandes, con un tamaño superior a lo que se conoce de otras zonas del país.

Al ver los primeros frutos, y en presencia de todos, el anciano levanta su voz y dice:

—Hoy es día de regocijo. El creador de los cielos y la tierra, nos ha tenido en su memoria. Oid aldeanos. Si bien habeis sobrevivido la agonía que os sobrevino en tiempos de guerra, hoy os invito a celebrar el gozo que trae el tiempo de paz. Que el Dios de toda paz, borre hoy nuestras malas memorias y así entremos en esta nueva etapa de tranquilidad y abundancia.

Hace mucho tiempo atrás, lo dijo un gran escritor a quien llamaban apóstol. El dijo:

—El labrador, no participa de los frutos si no trabaja primero.

Les quiero recordar que aunque Dios ha bendecido los minerales de esta tierra, ustedes han trabajado arduamente, y por eso es que ahora, con la frente en alto, y con gran dignidad, todos podéis participar de los frutos.

Por seis días los aldeanos recogieron la cosecha y en el séptimo día celebraron.

Los monjes y ancianos tomaron las primicias de esta gran cosecha y la repartieron entre las aldeas vecinas, conforme a la indicación del anciano. Luego tomaron el resto y separaron la semilla para regresarla a la tierra en la próxima siembra. Del resto de la cosecha vivieron y comieron en abundancia durante todo el año.

¡Se robaron las cabras!

Tranquilidad, abundancia y mucho trabajo han caracterizado el ritmo de vida de la pequeña aldea.

Cada día, los habitantes de este hermoso lugar atienden a sus tareas.

En las tardes, muchos jóvenes y niños visitan el árbol del anciano. Estos se sientan alrededor de él a escuchar fábulas e historias antiguas de su boca. Éste enseña a escribir a los más pequeños, y a los jóvenes les enseña artes más avanzadas. Matemáticas, ciencias e historias de otros mundos llenan el entendimiento de esta juventud quienes han mostrado cada día insaciable hambre de conocimiento. También les enseña sobre la bondad, la paciencia y los principios sobrenaturales que operan en el universo.

Es en una de estas tardes algo calurosas de los últimos días de este verano que ocurre un incidente que probará las cualidades de benevolencia que el anciano ha enseñado a los aldeanos.

Esta tarde, mientras el anciano enseñaba y cantaba con los más pequeños, el monje Rodrigo, quien viene de subida por el camino que va al monasterio, se acerca dando gritos:

—¡Tragedia, tragedia, nos han robado las cabras!

Al oir los gritos desde el monasterio, los otros monjes salen de prisa por el portón y todos se congregan bajo el frondoso árbol.

—¿Qué ha sucedido? —pregunta el monje Saverio.

Todavía agitado y con falta de aire, el monje Rodrigo responde:

—Anoche, unos ladrones rompieron la puerta del corral al otro lado del río y en la mañana, cuando las viudas se disponían a hacer la primera ordeñada del día, solo encontraron los cabritos pequeños dispersados por toda la llanura, pues los ladrones dejaron el portón del potrero abierto.

Se llevaron casi todas las cabras lecheras.

Tratamos de seguir el rastro y avanzamos hasta que el sol se puso en el medio sin éxito.

—¿Por qué camino se fueron? —preguntó el monje Saverio.

—Las pisadas marcan hacia el Oriente, es decir, por el camino que antes usaban asaltantes y merodeadores que venían de ese lado del país —respondió el monje Rodrigo.

Más aldeanos se han acercado al árbol. Algunos con armas en sus manos.

Uno de los aldeanos, quien había ido a la guerra y regresado vivo durante los años difíciles levantó su voz y dijo:

—Esta es una provocación del Oriente que no podemos permitir. Tenemos hombres diestros y experimentados en guerra entre nosotros. Propongo que nos organicemos y vayamos aldea por aldea hasta encontrarlos. Así les quitaremos lo que han robado y les daremos una buena lección.

Y si por cierto quieren guerra, se la daremos.

Hubo silencio por unos segundos.

El anciano permanecía en silencio, sentado sobre un tronco, cuando el monje Saverio dirigiéndose a él le preguntó:

—¿Qué opina, mi amigo anciano?

El anciano poniéndose sobre sus pies respondió:

—Es muy pronto para pensar en guerra. Tampoco estamos seguros si estos ladrones son del Oriente, quienes son, o qué motivo los ha impulsado a cometer tal acto, pero sí estoy de acuerdo que vayamos y busquemos vuestras cabras.

Los aldeanos prepararon la expedición y acordaron salir inmediatamente y así lo hicieron.

Durante toda la noche cabalgaron.

Por el camino al Oriente fueron, visitaron y buscaron en cada aldea a ambos lados del camino. Así hicieron toda la noche, y cuando amaneció, los hombres de guerra y los monjes, puesto que estos también habían venido en la expedición, decidieron parar a descansar un poco y desayunar algo mientras recobraban sus fuerzas para continuar en la búsqueda.

El anciano también cabalgó con ellos toda la noche sobre un hermoso caballo blanco que le prestó uno de los aldeanos y tanto los monjes como todos los que formaban parte de la expedición, estaban maravillados al ver la destreza del anciano al cabalgar a pesar de su avanzada edad. Esto añadió más a la curiosidad de todos en cuanto al pasado del anciano, sobre todo al monje Saverio que recordó las cicatrices que había visto antes en las espaldas del anciano.

Por un rato descansaron, comieron carne seca que traían en sus alforjas, bebieron agua, tanto los jinetes como las bestias, y ya comenzaba a amanecer.

De nuevo a la marcha.

Retomando el camino y continuando la marcha uno de los monjes dijo:

—Es en vano que continuemos. Nuestros caballos galopan a una velocidad mucho mayor de la que puede caminar una manada de cabras.

Aun con la ventaja que tuvieron, no es posible que hayan llegado tan lejos.

El monje Rodrigo exclamó en alta voz:

—¡Se los ha tragado la tierra! Hemos buscado en cada pueblo desde nuestra aldea hasta aquí sin éxito. Es posible que se hayan desviado por otro camino. Propongo que regresemos a la aldea y busquemos hacia el sur.

Entonces el monje Saverio preguntó al anciano: —¿Qué opina usted que es más sabio, regresar y continuar la marcha?

El anciano respondió:

—Hacer ajustes en toda búsqueda es de sabios. Si nuestro intento no ha sido fructífero y hemos buscado toda la noche por este lado, entonces enfoquemos nuestros esfuerzos hacia el otro lado.

Entonces el anciano relató una historia...

—Vivió un pescador hace varios siglos, del cual habla el libro que ustedes los monjes guardan en el monasterio (pero que rara vez leen). Dice que este pescador había seguido fervientemente al más grande de todos los profetas. Cuando los religiosos mataron a su profeta, este pescador intentó regresar a su oficio y saliendo de pesca, echó las redes y trabajó arduamente toda la noche, mas sin éxito —de la misma manera que nosotros hemos buscado toda la noche.

Al amanecer, dice ese sagrado libro, que su Señor, el profeta, se le apareció, y le dijo: —Echa la red al otro lado de la barca.

Este pescador obedeció la voz del profeta y echó las redes al otro lado de la barca y milagrosamente las redes se llenaron de peces.

Como ven mis amigos aldeanos y monjes, es de sabios que en esta hora, echemos las redes al otro lado. Sigamos el sabio consejo del monje Rodrigo.

Todos estuvieron de acuerdo, y dando media vuelta comenzaron a regresar por el camino por donde habían venido.

Los ladrones y el anciano

Pasando una de las aldeas de regreso, aconteció que venía un niño caminando y en su mano traía una campana, como de esas que se amarran al cuello de cabras lecheras.

El aldeano guerrero, guía de la expedición, hizo señal con su mano derecha y todos pararon la marcha.

Al acercarse el niño, el aldeano le dijo:

—¡Hermosa campana!

Y el niño le respondió: —Muchas gracias.

Entonces el aldeano le hizo una segunda pregunta:

—¿Es de tu cabra lechera?

Más el niño le contestó: —Todavía no pues acabo de encontrarla en el camino que viene de las cuevas.

El aldeano, con mucha gracia, agradeció al niño por su amable respuesta e inmediatamente volteó a ver el rostro del anciano con una mirada alegre.

El anciano asintió con la cabeza, como que las palabras no eran necesarias. Los gestos del rostro del aldeano y su mirada, eran suficientes para indicar, que ya conocían el paradero de la cabras.

Poniéndose en marcha hacia el camino que va hacia las cuevas, cabalgaron por unos minutos, y ya acercándose a las cuevas se podía oir el ruido de los berridos de las cabras.

La cabras estaban todas dentro de las cuevas, y tres hombres huían corriendo en dirección a la cima de la colina que está encima de las cuevas.

Dos aldeanos les siguieron en sus caballos y alcanzándoles les detuvieron amarrando sus manos y trayéndoles atados de regreso a la cueva.

Llegando a la cueva, a los tres hombres les fue permitido se sentasen sobre piedras.

Los aldeanos que habían venido en la excursión estaban algo agitados, algunos enojados.

Uno de los aldeanos dijo: —Esto es un delito mayor, llevemos a estos ladrones a nuestra aldea para que sean juzgados y paguen conforme a sus malas obras.

Entonces al anciano habló y dijo:

—Primero, escuchemos. Quisiera saber qué motivó a estos tres hombres a ir y robarse las cabras.

Hubo silencio por varios segundos y uno de los ladrones dijo:

—Vivimos en un poblado pequeño al otro lado de la colina. Nuestra tierra es árida y hemos sido visitados por el hambre en estos últimos tres años. En las últimas semanas hemos enterrado familiares cercanos de cada una de las diez familias que viven en el poblado. Nuestros hijos no tienen que comer.

Sabemos que hemos hecho mal, nuestra desesperación ha sido muy grande y preferimos ser ladrones y traer alimento a nuestros hijos que verlos morir de hambre.

Entonces el anciano en presencia de todos levantó su voz:

—Creo que estos hombres ya han pagado por su castigo. Son personas sencillas y ahora con esta vergüenza ya han sido castigados. Si regresan a sus familias con las manos vacías, quitarán la poca esperanza que les queda a sus familiares, y si hubieran regresado con las cabras, la vergüenza de ser ladrones les hubiera seguido el resto de sus días.

El profeta que mencioné antes, de quien habla ese libro que guardan ustedes los monjes en el monasterio dijo en una ocasión: —A cualquiera que te pida, dale; y al que tome lo que es tuyo, no pidas que te lo devuelva... y al que quiera quitarte la túnica, déjale también la capa.

Dejemos a estos hombres libres, y dejemos que lleven una cabra por cada familia que vive en su poblado, así tendrán leche para sus ancianos y pequeños. Además, creo que debemos invitarlos a que vengan a nuestra aldea en cada luna nueva, para bendecirlos y compartirles alimento, y que sean invitados a venir y trabajar con nosotros en cada cosecha. Si hacemos esto, haremos bien, pues habremos devuelto bien por mal. Eso también está en el libro mis amados monjes, espero lo hayan leído.

El monje Saverio apoyó las palabras del anciano y dijo: —Es sabio lo que dice mi amigo anciano. Esa es la bondad que aspiramos a practicar los monjes. Hagamos así.

Los aldeanos que respetaban mucho a las palabras de los monjes, pues los tenían por hombres santos, estuvieron de acuerdo.

Así se hizo. Y aquel poblado de donde habían venido los tres hombres, fue salvado de la pobreza. Y jamás vinieron ladrones a la aldea, donde se vivió en paz y abundancia por muchas generaciones.

La noche de las uvas

Cada año en el monasterio se ha practicado una tradición en la que todos los aldeanos son invitados a una gran fiesta.

Los aldeanos traen uvas al monasterio durante toda una semana, y al final de la semana, los monjes aplastan las uvas en un estanque grande en el medio del patio interior, produciendo un vino muy puro el cual guardan en barriles de madera para añejar.

Terminada la labor, se celebra la gran cena donde los aldeanos prueban vino del año anterior.

Los monjes usan parte de las ganacias del vino añejado que venden durante el año a otras aldeas, para cubrir parte de los gastos del monasterio, y otra parte para ayudar a los más pobres de la aldea.

Hoy es el último día de la semana, y todos están reunidos cenando en el patio del monasterio. Hay gran alegría y compañerismo entre los aldeanos.

Ya han probado el vino y felicitado a los monjes por el gran trabajo.

El anciano ha sido invitado a la fiesta y está sentado a la mesa. Sentados a ambos lados del anciano están los monjes Saverio y Rodrigo, acompañados de varios aldeanos pues es una mesa grande.

Este es el momento cuando uno de los aldeanos hace una pregunta que cambiaría la historia del monasterio.

El aldeano, con gran curiosidad en su rostro, se pone de pie y hace señal de silencio levantando su mano derecha y entonces dice:

—Quisiera preguntar algo al anciano.

He estado presente en más de una ocasión, cuando usted ha hecho referencia a un libro que los monjes guardan en el monasterio.

Nunca lo hemos visto, y los monjes nunca

nos han hablado de ese libro.

Yo tengo curiosidad de saber más sobre ese libro. ¿Por qué lo esconden? ¿Cual es el misterio?

Hay un gran silencio en el patio del monasterio por unos momentos. Ahora la curiosidad no pertenece solamente al aldeano que ha hecho la pregunta, sino que ha invadido a todos los presentes.

Con mucha calma, el anciano con una expresión alegre, responde en alta voz y dice:

—Creo que la pregunta, más bien deberá ser dirigida a nuestro amado monje Saverio.

El monje Saverio, no sabe que responder y tartamudea. En unos segundos logra controlar su compostura y dice:

—Hace más de diez centenarios, cuando este monasterio fue fundado, los monjes que vinieron a fundarlo trajeron el libro sagrado. En nuestro orden, solamente a los monjes que han alcanzado cierta estatura espiritual y han llegado con gracia a la vejez les es permitido leer el libro sagrado. Es una costumbre que se ha preservado por siglos y la hemos respetado.

Aunque debo admitir, que aun estos lo leen rara vez, pues más bien nos regimos por la hoja de conducta y practicamos las disciplinas que los fundadores nos entregaron desde generaciones anteriores. Confiamos que los fundadores tuvieron la sabiduría de interpretar las verdades del libro sagrado y nosotros cuando somos ordenados hacemos juramento de acatar las costumbres y tradiciones que ellos establecieron.

Todos asintieron con sus cabezas, aceptando la respuesta del monje Saverio, mas el aldeano no estaba conforme y entonces volvió a preguntar y dijo:

—Si lo que está escrito en ese libro sagrado es solamente accesible a los monjes más ancianos y solamente a ellos... ¿Cómo es posible entonces que el anciano forastero tiene tanto conocimiento de ese libro? ¿Habrá sido monje antes?

Esto añadió más a la curiosidad acerca de la persona del anciano indigente.

Un hombre que apareció de pronto en la aldea, que duerme debajo de un árbol, tiene gran sabiduría y conocimiento de las ciencias y matemáticas antiguas, y que (conforme a lo que vió el monje Saverio), carga cicatrices como de tortura en sus espaldas. Más aun... es conocido del rey de la nación quien lo trató con gran respeto y admiración.

¿Quien es este hombre?

¿Principe, o guerrero, sabio, monje o profeta?

La curiosidad solo aumenta.

Los aldeanos miran a los monjes y miran al anciano... esperando una respuesta.

El anciano sonrió y dijo a todos, monjes y aldeanos:

—Vosotros teneís dos inquietudes. Una es que queréis saber de que se trata ese libro que los monjes esconden. La otra inquietud es sobre mi persona... ¿quién soy, de donde vengo?

Hablar sobre mi persona, mi pasado y mi origen, en este momento no les ayudará en nada, pero si hablamos sobre las palabras escritas en ese sagrado libro, esto si les ayudará en todo.

Hubo un médico hace muchos años que grabó en ese mismo libro las palabras que dijo el personaje principal del mismo, quien es el profeta más grande de todos los profetas.

El dijo: —Nadie pone en oculto la luz encendida, ni debajo del almud, sino en el candelero, para que los que entran vean la luz.

Amados aldeanos y monjes, ese libro es una luz, y mismo autor de ese libro, dijo que no se debía esconder esa luz.

Vosotros monjes habéis seguido una tradición, y es precisamente esa tradición la que hoy esconde la luz de ese libro.

A veces las tradiciones pueden hacer daño.

El mismo autor del libro en una ocasión dijo a unos religiosos como ustedes: —Vosotros invalidáis la palabra de Dios por guardar vuestra tradición.

Me temo amados monjes que por guardar vuestra tradición, estén privando a este hermoso pueblo de tanta riqueza y verdades que están escritas en el libro.

Les pido que esta noche cuando hagan su última oración, pidan sabiduría y dirección, y yo confío que el autor de ese libro sagrado les revelará lo que tienen que hacer.

Estas fueron las últimas palabras que el anciano habló esta noche. Los presentes estaban conmovidos. Como que algo muy especial ha sucedido hoy en la aldea.

Después de besos y abrazos, todos se retiraron a dormir.

Esta será una noche inolvidable —fueron las palabras de uno de los aldeanos mientras salía por el portón del monasterio.

10

Que el libro hable

El sol está ya en el medio, y el portón de la entrada del monasterio permanece cerrado.

Toda la noche los monjes han orado y han debatido. Han permanecido encerrados en la parte interior del monasterio.

Es un día hermoso, soleado, y esta es la estación del año en que muchas especies de aves migran desde el sur y hacen parada en los muchos árboles en la hermosa aldea, sobre todo en las arboledas a ambos lados del río.

El anciano ha lavado su manto y sus ropas, y mientras se secan en las ramas de uno de los árboles, él toma tiempo para nadar en las aguas limpias y cristalinas del ancho río.

Dentro del monasterio continúan las oraciones y el debate.

Los monjes más ancianos, insisten en que se deben conservar las tradiciones y el libro sagrado debe permanecer en la oscuridad, pero son ellos, los más ancianos los que han leído más y saben que no existe dentro del libro porción alguna que prohíba sea leído en público.

Los monjes más jóvenes, aquellos menores de seis décadas, se apegan más a la idea de abrir el libro, leerlo y dejar que sus páginas hablen por sí mismas.

Dejemos que el libro hable, y nos diga que debemos hacer —son las palabras de uno de los monjes jóvenes.

El monje Juan José, quien solo lleva poco más de 17 años en el monasterio levanta su voz y dice:

—Aunque soy joven, y tengo mucho menos experiencia en las disciplinas y prácticas que la mayor parte de ustedes, pienso que no debemos tener ningún temor. Si nuestras costumbres y rituales provienen del libro, no habrá ninguna contradicción. Probemos leerlo todos juntos y si encontramos texto dentro del libro que nos indique lo contrario, entonces obedezcamos y cerremos el libro para bien.

La discusión se alargó, llegó la hora de la cena, y los monjes se sentaron en el patio a disfrutar de un sabroso caldo que había cocinado el monje Rodrigo, quien mientras servía las mesas sugirió invitaran al anciano a entrar y cenar con ellos.

Así sucedió. El mismo monje Rodrigo, una vez que terminó de servir las mesas, fue corriendo y llamó al anciano.

Ya dentro del monasterio, sentados todos a la mesa, los monjes hacían preguntas al anciano sobre pasajes escritos en el libro, y todos se maravillaban al ver la sabiduría y el conocimiento del anciano.

El monje Saverio preguntó al anciano:

—¿Crees que leer el libro públicamente, traiga mejoras espirituales a la vida del monasterio?

A lo que el anciano respondió:

—No solo mejoras, mi amado monje Saverio. Traerá vida, pues no existe vida fuera de quien escribió el libro. El mismo dijo: —Mis palabras son vida.

No tengan miedo. Esto será para bien.

Esa noche, todos los monjes acordaron abrir el libro y leerlo en alta voz.

Esto era algo nuevo, un nuevo comienzo, un cambio radical de tradición.

Así hicieron.

Durante las próximas semanas, leían juntos todos los días y el anciano participaba de las lecturas.

Los monjes comenzaron a ver como un nuevo gozo había llegado a sus vidas, y mientras más leían, más deseos tenían de leer.

11

Hasta la raíz

La lectura del libro no se limitó a los monjes. Estos cada día después de la cena, abrían el portón del monasterio y muchos aldeanos asistían a escuchar la lectura.

Según fueron pasando las semanas, los aldeanos crecían en el conocimiento y sabiduría que sale de las páginas del libro. Estos siempre haciendo preguntas sobre la existencia humana, la vida, los animales, y cada cosa que saliera de su curiosidad, y el libro siempre teniendo respuesta para cada una de sus inquietudes. Como que la vida ha tomado sentido, y ahora los aldeanos han conocido algo más que nunca habían experimentado antes. Estos ahora tienen esperanza. Esperanza de una vida mejor cuando toda nuestra jornada llegue a su fin en esta tierra.

Los ojos del entendimiento han sido

abiertos en los aldeanos y también en los monjes, los que han experimentado un amor sobrenatural de parte del autor del libro quien ahora también entienden es el autor de la vida misma.

Todo esto ha creado algo muy especial en los rostros de los aldeanos, una expresión de gozo. Gozo que viene de adentro como resultado de escuchar la continua lectura del gran libro.

Los aldeanos continúan labrando la tierra, y hoy muy temprano en la mañana, uno de los aldeanos, vino al árbol a un lado de la entrada del monasterio a buscar al anciano.

El anciano estaba sentado sobre una piedra y veía como el aldeano subía el camino y venía hacia él apresuradamente.

—Mi querido anciano —gritó el aldeano mientras se acercaba al árbol con gran ligereza— me preocupa algo que he visto en los sembrados.

—¿De qué se trata? —preguntó el anciano.

—Algunos de los sembrados se están secando, pero no hay señal de plaga —dijo el aldeano— es algo muy raro pues no vemos insectos, u orugas. No hay marcas en las hojas como cuando son mordidas por algún animal, tampoco hay señal de alguna enfermedad en el color de las plantas... es algo muy raro.

El anciano y el aldeano caminaron juntos hasta los sembrados, donde ya se encontraban reunidos muchos de los aldeanos que trabajan la tierra. También algunos de los monjes habían descendido a los sembrados.

—Creo que estamos a tiempo —comentó el anciano, quien continuó diciendo:

—Son pocas las plantas dañadas. Es necesario que encontremos rápido la causa antes que se dañe el resto de lo plantado.

Entonces se acercó a uno de los aldeanos y le dijo:

—Si no hay manchas, señales de enfermedad en las hojas, y no hay insectos alrededor, es probable que el problema esté en la raíz. Desenterrad algunas de las plantas dañadas para ver el estado de sus raíces.

De inmediato los aldeanos obreros desenterraron dos plantas dándose cuenta que a penas tenían raíces.

Como que un animal de esos que andan por debajo de la superficie se había comido las raíces ya de varias plantas.

—Como ven —dijo el anciano— el problema está en la raíz. Como muchos de los problemas en esta vida. Todo parece estar bien en la superficie, más por debajo en las raíces es donde se forman las crisis y los problemas. Por eso cuando vemos síntomas en la superficie, es necesario buscar en la raíz.

En ese momento el monje Rodrigo dijo:

—Eso mismo dice el libro que está en el monasterio. Muchos de los problemas del alma se encuentran en las raíces... donde no se puede ver.

Entonces le respondió el anciano:

—Me da un enorme gusto oir a mi hermano Rodrigo, y ver como las palabras del libro están echando buenas raíces en su entendimiento. Eso significa que están creciendo saludablemente en la palabra de verdad.

Los aldeanos sonrieron, pues ya sabían cuál

era el problema y como obreros experimentados tenían la solución y que medidas tomar para que estos siniestros animalitos no continúen viniendo y comiéndose las raíces de las plantas sembradas.

Esta tarde después de la jornada, todos los aldeanos jóvenes y viejos subieron al monasterio para oir la lectura del libro.

Estos continuaban creciendo en conocimiento y practicando las enseñanzas que iban aprendiendo en éste.

12

Aldea de gozo

Han pasado meses desde que los aldeanos comenzaron a escuchar la lectura del libro del monasterio, y aún mucho más tiempo desde el día que el anciano indigente apareció debajo del árbol a la entrada del monasterio.

Muchas cosas han cambiado en la pequeña aldea.

La tristeza y congoja que una vez reinó, ya no se ve por ningún lugar. Los aldeanos son personas muy felices. Estos atienden a las labores de los sembrados, y en este lugar no hay necesidad alguna. Las viudas que una vez estuvieron desamparadas y en escasez, ahora son mujeres industriales. El queso que éstas producen es distribuido a toda la nación y ha crecido en renombre y fama.

Monjes y aldeanos celebran juntos cada fiesta, cada nacimiento, cada cumpleaños y cada boda. Aún cuando no existe razón u ocasión para celebrar, estos se reúnen en gran compañerismo y amor fraternal.

Son personas alegres y agradecidas.

Parece como que las malas memorias de tiempos de guerra han quedado atrás.

Es interesante que la presencia de un desconocido de quien todavía nadie conoce ni aún su nombre haya tenido tanta influencia en el curso de vida de esta gente tan preciosa.

Como si el extraño hubiera venido desde tierras lejanas con una misión. ¿Un enviado?

Por lo menos mensajero. Indigente con mucha sabiduría y consejo... con palabras que traen reposo y paz, tan poderosas como para cambiar el curso de una entera aldea.

—Nunca desprecies a un extraño —decía en esta tarde el monje Rodrigo después de leer un pasaje del libro a un pequeño grupo de jóvenes aldeanos.

Aunque ese extraño se vea pobre, indigente, o tenga la apariencia de mendigo. Porque dentro de esos andrajosos ropajes, pudiera estar escondido un sabio. Un ser, que pudiera tener la respuesta a todos tus problemas y angustias. Nunca... pero nunca... jamás desprecies a alguien —continuaba diciendo el monje Rodrigo.

El monje leía la porción donde el libro habla de un profeta que en una ocasión vino a empoderar a quien sería el próximo rey de su nación. De la casa donde saldría el próximo rey, el padre de familia fue enviando a sus hijos uno por uno delante del profeta, y el profeta viendo a uno de ellos de cerca, estuvo a punto de ser confundido por su apariencia, pues era joven guerrero, de buen parecer. Sin embargo, el profeta fue prevenido a tiempo por el que le envió quien le dijo: —No mires a su parecer, ni a lo grande de su estatura, porque yo lo desecho; porque yo no miro lo que mira el hombre; pues el hombre mira lo que está delante de sus ojos, pero miro el corazón.

Rodrigo entonces añadió:

—Este anciano, que duerme debajo de un

árbol, de quien no sabemos mucho, y nos intriga su sabiduría al igual que las cicatrices que una vez vi en sus espaldas, ha logrado cambiar el espíritu de esta nuestra aldea, de la tristeza al gozo, de la miseria a la abundancia.

Entonces jóvenes, la enseñanza de hoy es: No desprecies a nadie, pues ese alguien pudiera ser tu mejor noticia —concluyó el monje Rodrigo.

El mal que temía

Hoy temprano, en las primeras horas de la mañana, dos mensajeros han llegado a la aldea. Vienen de parte del rey y buscan al anciano.

El anciano no se encuentra debajo del árbol, más el monje que recibe a los mensajeros les indica que el anciano a veces baja al río a lavar sus ropas y nada en su corriente.

Los mensajeros y el monje descienden juntos al río y ciertamente, el anciano está nadando. Después de hacerles señal, el hombre de días se acerca lentamente preguntándoles:

—¿Que trae a mis señores por acá?

Uno de los mensajeros, le responde:

—Amado anciano, mi señor el rey tiene una crisis de guerra. El nos ordenó que le pidiéramos a usted, si pudiera venir con nosotros al palacio pues el rey no se atreve a dar paso a derecha o izquierda sin su consejo.

El anciano, tomando el manto que apenas se ha secado con los rayos del sol de la mañana mientras estaba tendido sobre unas ramas le responde con voz firme:

—Vamos, no hay tiempo que perder.

Mientras regresan caminando hacia el monasterio, el anciano pide al monje, si éste puede avisar a algunos de los aldeanos que ya sirvieron en otras guerras, si lo pueden acompañar.

Este mismo día, en las primeras horas de la tarde, los dos mensajeros, el anciano y algunos aldeanos comienzan a cabalgar juntos rumbo a la capital del reino. Toda la noche cabalgarán y a primeras horas de la mañana arribarán al palacio real.

En la travesía, los mensajeros y aldeanos guerreros sugieren parar y descansar pero el anciano se niega y les dice:

—No tenemos tiempo. El rey solo enviaría por mi, si es un asunto urgente. Debemos llegar cuanto antes.

Así. Cuando apenas los primeros rayos de luz comienzan a calentar las piedras en las colinas a ambos lados del camino, estos valientes se acercan a los portones de madera y hierro que guardan la entrada a la gran ciudad del rey.

Dos trompeteros los ven de lejos y unánimes en perfecta armonía trompetean con fuerza el anuncio de la llegada del anciano y compañeros mientras se abren las inmensas puertas de la gran ciudad.

A gran galope, por la senda que va directamente hasta los atrios y portales del palacio real avanzan los jinetes, y el rey al verlos desde lejos desciende de la torre donde está el mirador principal y apresuradamente sale a recibirlos.

El mismo rey se acerca a la bestia del anciano y le ayuda a descender de su montura, recibiéndolo con un fuerte y caluroso abrazo diciéndole:

—Mi viejo amigo, sólo te molesto porque es inminente tu consejo.

Tenemos inteligencia militar que nos

indica que ejércitos del Oriente avanzan en dirección nuestra.

Sé que están a tres días de camino y los que forman la rebelión son muchos más en número que nuestro ejército.

Sé que enfrentarlos en la llanura nos dará ventaja posicional, mas asegurar la victoria nos costará mucho en pérdidas de vidas.

Al igual que en la aldea donde ahora estás, ya tenemos muchas viudas y huérfanos entre nosotros de guerras pasadas y sería muy triste ver ese número aumentar.

Si no los enfrentamos en la llanura, llegarán a nuestra ciudad y nuestros muros no serán lo suficiente para detenerlos.

Como ves, no tengo muchas opciones, mas necesito una estrategia militar.

Parece que el mal que temía ahora viene sobre nosotros.

Necesito tu mente en esto querido amigo.

El rey y el anciano, caminan juntos en dirección al portal que está a la entrada del palacio.

El anciano hace un largo silencio, y piensa.

Uno de los ayudantes del rey, le trae jugo de uvas al anciano y sus acompañantes, los cuales están ya sentados con el rey al lado de una de las fuentes del portal.

Otro ayudante le quita las sandalias al anciano y acerca un cántaro de agua para lavar sus pies, los cuales están muy empolvados. Es evidente que por haber cabalgado toda la noche, el polvo del camino ha quedado impregnado no solo en sus pies, también en los rostros de la compañía.

Mientras los que sirven en el palacio cuidan a los visitantes, les dan paños húmedos para limpiar sus rostros, y algo de desayuno, en los rostros de los aldeanos que han acompañado al anciano hay gran admiración y a la vez mucha curiosidad.

—¿Quién es este hombre a quien aún el rey envía a buscar? —es claramente la interrogativa en los rostros de los aldeanos.

Ya pasados varios minutos, el anciano

pregunta al rey:

—¿Quién es el caudillo de la rebelión?

Luego rascándose su calva cabeza dice: —No puede ser Altazar, pues en la última rebelión ya era un hombre viejo... no es posible que haya vivido tantos años.

A ésto el rey responde:

—No, mi amado anciano. Altazar fue reunido con sus padres dos años después de la última rebelión.

Supimos de su muerte, pues fue uno de los hombres de la aldea de las colinas el carpintero que preparó el enorme sarcófago para su entierro.

Recuerda que Altazar era hombre de siete codos de estatura. Era descendiente de los gigantes que fundaron el Oriente.

Sí lo recuerdo —comentó el anciano— a pesar de ser enemigo, siempre respeté su filosofía de guerra. Fue un enemigo honorable. Entonces ¿quién lo reemplazó?

El rey respiró profundamente antes de responder, y entonces dijo:

—Uno de sus hijos. Enjiar, el mayor de su concubina, quien viaja acompañado por su tío Arión, hermano de Altazar. Arión trae una cicatriz que atraviesa su ojo derecho, por el cual no puede ver y ya está viejo y con mucha experiencia en las ciencias de guerra.

Dicen que aunque Arión acompaña y aconseja a Enjiar, este muchacho no es como su padre y rara vez escucha el consejo de su tío. Enjiar es vicioso. Acá se oye la mala fama de todas las atrocidades que él y sus bandas hacían en las aldeas del más allá de la ciudad de Succur. Y estas cosas hacía cuando aún su padre estaba vivo.

Dicen que Enjiar tiene la estatura de su padre. Dicen que es déspota y orgulloso y con gran ambición. Con ansias de conquistar toda la nación y aún las naciones vecinas hasta formar un imperio.

Entonces el anciano usando su lógica aplastante dijo:

—He ahí, su debilidad.

—¿Qué quiere decir el anciano? Preguntó

el rey.

Y este respondió:

—Precisamente en su orgullo está su mayor debilidad.

—¿Algún consejo sabio o estratégia? —preguntó el rey.

—Tengo unas ideas —respondió el anciano, y añadió:

—Esta noche les ruego vayan todos a dormir temprano y no se aflija vuestro espíritu. Mañana a primera hora, nos reuniremos y yo les compartiré lo que tengo en mente.

El rey levantó su mano derecha y dijo a todos: —Descansen bien el resto del día y vayan a dormir en paz como ha dicho el anciano.

Así todos se retiraron a sus recámaras y los que vinieron de lejos a las casas de huéspedes.

Pronto bajó la tarde y el anciano y el rey platicaban debajo de una palmera. Llegó la noche y no se oía ruido alguno en el palacio. Un enorme silencio. Una paz inmensa se había apoderado de todos.

14

Monje guerrero

Todavía es oscuro, de madrugada.

Todo el ejército del rey está formado en el amplio terreno detrás del palacio.

El rey, el anciano y los que han venido con él están parados frente al ejército.

Algunos monjes vinieron de la aldea, cabalgaron toda la noche y están aquí, entre ellos Saverio, Rodrigo y Juan José.

El anciano abraza a los monjes y se dirige al rey.

—Mi señor rey. ¿Vive todavía el carpintero, aquél que preparó el enorme sarcófago para el entierro de Altazar?

—No lo sé mi amado anciano —respondió el rey— pero puedo enviar mensajero a las colinas.

—Por favor mi rey, y si aún vive, me gustaría lo traigan cuanto antes —pidió el anciano.

—Así se hará —respondió el rey, mientras hacía señal con su mano derecha.

Aún no terminaba el rey de bajar la mano cuando ya salía a gran velocidad uno de sus jinetes mensajeros.

En lo que el mensajero avanzaba en su misión, el anciano habló en voz alta al ejército real y les dijo:

—Quizá tengamos que pelear y defender con nuestras vidas la paz de esta amada ciudad.

Afilad vuestras espadas y lanzas. Llamad a los flecheros y preparemos nuestros arcos. Es necesario estemos preparados y alertas.

Sin embargo, derramar sangre sería nuestra última alternativa.

Todavía creo que es posible emerjamos victoriosos sin levantar un dedo... practicando las artes de la percepción, las cuales pueden producir abundante paz.

Todos estaban admirados, y la mayor

parte de los presentes no entendían las palabras del anciano.

El rey no dijo palabra alguna. En su rostro había una expresión de alivio. Como que en su interior sabía que todo iba a estar bien.

Los aldeanos que habían venido con el anciano y algunos de los monjes se mostraban preocupados, mas el monje Rodrigo se acordaba de las cicatrices que había visto en las espaldas del anciano una vez, y como que todo comenzaba a tener sentido.

—¡Guerrero!, Sí, guerrero —susurró Rodrigo al oído del monje Saverio, y decía en voz baja— todo tiene mucho sentido, el anciano indigente, no solo es sabio, también parece que fue guerrero, y el rey lo sabe, pues no se opone a la estrategia del anciano.

—No solo guerrero y sabio mi amado monje Rodrigo —respondió Saverio— también monje.

—¿Cómo es posible? —le dice Rodrigo susurrando y cubriendo su boca con su mano izquierda.

—Sí amado Rodrigo —continúa diciendo

en voz baja Saverio— el conocimiento que el anciano tiene del sagrado libro, y la manera en que lo explica es solamente posible a alguien que conoce el más estricto código. Solo aquellos que fueron parte de una orden de monjes que dejó de existir hace décadas. Desde que lo escuché hablar la primera vez, supe que estaba en presencia de un erudito.

—Entonces es un monje guerrero —dijo Rodrigo (otra vez en baja voz).

—Sí, sí lo es —añadió Saverio— el misterio es ¿por qué vino a nuestra aldea, y por qué duerme a la intemperie como un común indigente?

Mientras esta conversación ha estado tomando lugar en susurros entre los monjes, el ejército real ha estado muy ocupado afilando y preparando sus armas de guerra.

Pasadas unas cortas horas, el jinete mensajero regresa al palacio, y montado detrás de él en su hermoso caballo viene el carpintero de las colinas.

Desmontando ambos y dirigiéndose a la presencia del rey, el anciano le dice al carpintero:

—Tengo una misión importante para usted, si le es placer servir en esto al rey.

El carpintero de cabellos largos y blancos como la nieve responde al anciano sin titubear:

—En lo que plazca a mi rey, estoy dispuesto a servir, no solo esta vez, sino hasta el fin de mis días.

El rey hizo un gesto de agradecimiento inclinando gentilmente su cabeza con esa rara humildad que escasea entre los poderosos de la tierra.

Entonces el anciano declaró al carpintero la misión:

—Cabalgarás con el jinete y sobre la bestia más rápida del reino. Saldrán de inmediato por el camino que va hacia el Oriente a encontrar al ejército del gigante Enjiar quien viene acompañado por su tío Arión.

Ellos se sorprenderán y Enjiar aún amenazará sus vidas, pero pedidle que antes de hacerlo, os permitan entregar este mensaje a su tío Arión.

Entonces si les es permitido, entregad a Arión este mensaje escrito y mostrad este anillo.

Entonces haced silencio y esperad la reacción de Arión.

La vida vuestra y la guerra dependerán de lo que ambos gigantes hagan a partir de ese momento.

El carpintero sabía que estaba poniendo su vida en riesgo, también el jinete que ya en este momento estaba sobre la hermosa bestia extendiendo su brazo para ayudar al carpintero a montar detrás de él.

El carpintero puso el mensaje enrollado y el anillo en su bolsa y estos salieron cabalgando desde el patio del palacio, saliendo por los grandes portones de la ciudad a gran galope.

Así avanzaron en dirección al Oriente para encontrar al ejército de rebeldes, cabalgando el resto de la tarde y aun cuando en sus espaldas comenzaba a sentirse las primeras frialdades de la noche.

Ahí van los dos valientes. El futuro de una nación pudiera reposar sobre sus hombros. Sus vidas en la balanza, pero ellos no tienen miedo.

Acá en la ciudad, muchos tienen gran incertidumbre, pero el rey está confiado. Los monjes y los aldeanos que vinieron con el anciano se han marchado a sus recámaras de huéspedes.

Allá en lo lejos, debajo de un árbol se puede ver la débil luz de una pequeña lámpara que alumbra al anciano. Este parece estar leyendo algo. Solo, recostado al tronco, rodeado del sonido de los insectos y pequeñitos animales de la noche.

Así comienza a avanzar la noche. Mañana será otro día, y ese día traerá su propio afán.

15

El terror de guerras pasadas

Amanece.

El ejército que viene del Oriente ha avanzado sustancialmente, ya están a menos de veinticuatro horas de la ciudad y hoy a horas tempranas han parado la marcha para comer.

Y comer es algo que estos saben hacer. Comen como ogros desesperados. Carnes de animales que han matado en el camino, y viandas que han acumulado de las aldeas asaltadas a su paso.

Enjiar y su tío Arión están sentados encima de un tronco de árbol caído junto al camino. Rodeados de sus generales, algunos de ellos parte de los antiguos que sirvieron a Altazar, padre de Enjiar, hermano de Arión.

En esto, uno de los guerreros de Enjiar, da voces al ver que un caballo con dos jinetes se acerca a gran galope.

Al ver que éste no disminuye la velocidad, los que están en la línea del frente levantan armas para detenerlos, más uno de los ayudantes de Enjiar grita a gran voz: —¡Déjenlos pasar!

Ya dentro de las filas de este cruel ejército, el jinete a las riendas detiene su caballo y pide lo lleven a la presencia de Arión, tío de Enjiar.

—¡Les podemos llevar, pero en pedazos! —son las palabras burlonas de uno de los guerreros del Oriente, pero otro que tiene más alto rango se acerca y le dice: —Déjalos pasar, pero que dejen aquí la bestia.

El jinete y el carpintero desmontan el hermoso pero ya cansado caballo y son acompañados a la presencia de los dos gigantes.

Según se acercan, el guerrero ayudante de Enjiar les pregunta la razón de su venida y el carpintero le responde: —Traemos mensaje desde el palacio real para Arión.

El guerrero ayudante entonces anuncia en voz alta: —¡Dicen que quieren ver a Arión y traen mensaje de parte del palacio real!

Entonces uno de los generales que rodean a Enjiar y Arión les hace señal, dejándolos que se acerquen, y estos proceden caminando lentamente.

El gigante Arión reconoce de lejos al carpintero y le dice:

—Eres aquél que preparó con mucha arte el sarcófago de mi hermano Altazar. Aunque han pasado años te reconozco. Mi familia siempre estará agradecida, por eso hoy te perdonaré la vida y te dejaré hablar.

Supongo el rey nos envía a decir que se rinde —también añade el gigante Arión mientras se pone de pie.

Con cabeza rapada y una larga barba de canas con trenzas, la presencia del viejo gigante es impresionante. A pesar de sus años, se ve fuerte. Trae una armadura de bronce y su espada la cual también usa como bastón, pudiera ser más alta que la estatura del jinete.

—Traigo mensaje del palacio real, mas no de parte del rey —le responde el carpintero mientras mete su mano en la bolsa y saca el mensaje enrollado y se lo entrega al gigante.

—Además traigo este anillo de parte del escritor de ese mensaje, quien me pidió se lo entregase —añadió el carpintero.

Cuando Arión vio el anillo su rostro empalideció. Como si hubiese visto a la muerte misma y en el momento en que comenzó a leer el mensaje, sus manos comenzaron a temblar.

El gigante enmudeció por varios minutos y su rostro reflejaba miedo. Como si un terror extraño le hubiese visitado... y sí, eso fue lo que vió el gigante en el anillo y el mensaje... terror... el terror de guerras pasadas.

—¡No puede ser que viva! —exclamó el gigante con voz temblorosa.

Su sobrino Enjiar, señor de los ejércitos del Oriente, no entendía lo que estaba sucediendo, pero los generales que estaban a su alrededor, especialmente los más viejos, los que habían peleado pasadas guerras, sabían perfectamente de que se trataba.

¡Está vivo! —exclamó uno de los generales a Arión, a lo que el gigante afirmó moviendo su cabeza.

En ese momento otro de los generales presentes dijo:

—Si este hombre vive, y ciertamente está vivo pues su anillo lo prueba, no creo que uno de nosotros esté dispuesto a enfrentarlo en batalla.

Ningún ejército jamás lo pudo enfrentar en guerras pasadas.

Espanto lo acompaña, la ira y el juicio están de su parte.

Desolación y muerte caerá sobre nosotros si nos atrevemos a marchar contra él.

Enjiar en ese momento recordó aquellas historias que contaba su padre sobre un ser que tuvieron que enfrentar en guerras pasadas, quienes ellos decían un angel de muerte le acompañaba. Los guerreros de entonces debatían. Algunos decían que era hombre, otros decían que era espíritu. Todos mostraban miedo cuando se referían a él, aunque nunca supieron su nombre.

—El me perdonó la vida dos veces —dijo asustado el gigante Arión— jamás olvidaré su rostro, y este es el anillo que tenía en su mano derecha, la mano que marcó esta cicatriz que traigo en mi rostro y que me dejó medio ciego.

Enjiar era orgulloso y tenía gran ambición de conquistar la ciudad más importante de la nación, pero en su mente estaban grabadas las historia que oyó de su padre. También podía ver el espanto en el rostro de su tío y en los rostros de sus generales.

Él sabía que sin su tío Arión y los generales, ganar la batalla sería cosa imposible.

Entonces dictó:

—Hoy regresaremos a nuestra tierra, y esperaremos a que muera ese personaje, pues ya debe estar muy viejo y sus días contados sobre la tierra de los vivientes.

Esto será solo una pausa, pero pronto regresaremos y tomaremos no solo la ciudad, sino el resto del país.

No se sabe si ese día por medio de Enjiar habló el orgullo o el miedo. Quizá ambos.

Lo que sí se sabe es que del Oriente jamás regresaron ejércitos a este lado del país.

Enjiar jamás conquistó tierra alguna.

Envejeció y murió, también sus hijos, y los hijos de sus hijos.

Dice una leyenda que el anciano del anillo, vivió más que todas las generaciones de los reyes del Oriente, pero eso es otra historia.

En este día, el jinete y el carpintero regresaron a la ciudad y al palacio, y dieron la buena noticia.

En sus mentes se preguntaban si las cosas que habían oído decir sobre el anciano eran reales, o solo leyendas que habían sido exageradas por el miedo en las mentes de aquellos del Oriente.

Quizá no eran historias reales, pero los Orientales ya tenían esa percepción.

Sí es así, entonces nadie, jamás, se hubiera imaginado que se pudiera derrotar a un ejército, solamente con una percepción.

Esta tarde la ciudad celebró, el palacio estuvo de fiesta, y cuando ya oscurecía, el anciano, los monjes y los aldeanos montaban sobre sus bestias para emprender el regreso a casa... a la querida y pequeña aldea.

16

Querido amigo

En la aldea todo está bien.

El queso de las viudas ahora no solo tiene fama nacional, también es exportado a otras tierras y los aldeanos continúan trabajando la tierra, preparándose para la próxima cosecha.

El anciano ha continuado enseñando a niños y jóvenes las matemáticas y las ciencias. También les comparte historias antiguas de otros mundos y civilizaciones, algo que despierta curiosidad en las mentes de sus estudiantes.

Cada tarde, es invitado a cenar con los monjes y luego cada noche, estos continúan la práctica de leer las palabras del libro entre ellos y a los aldeanos.

Los monjes han preparado una habitación para el anciano. Después de mucha insistencia aceptó dormir dentro del monasterio, aunque a veces en horas de la madrugada, algunos monjes dicen haberlo visto parado debajo del árbol.

El anciano es de pocas palabras, pero se lava los pies y las manos en ritual de la misma manera que lo hacen los monjes. Con ellos practica las oraciones aunque a veces reta su teología y tradiciones.

Es muy amado de todos, no sólo de los monjes, también de todos los aldeanos. Es como un padre, un maestro, un consejero sabio y humilde.

Jamás ha hablado de sí mismo, y de su pasado nadie se atreve a preguntar, aunque todo lo que han visto y experimentado les indica que no es un hombre común, definitivamente no un simple indigente.

Han pasado los meses, y hoy cuando amaneció, el monje Saverio, como de costumbre va cuarto por cuarto con su campanita de bronce despertando a cada uno de los monjes para la devoción matutina. Usualmente cuando llega al cuarto del anciano ya éste está despierto, a veces sentado sobre su lecho, otras veces sentado en la mesa del patio interior, y de vez en cuando lo encuentran afuera, debajo del árbol comiendo alguna fruta, observando y disfrutando el canto de las aves en el frescor de la mañana.

Hoy no está en su recámara, ni en el patio, entonces el monje Saverio le dice al monje Rodrigo:

—Ve al árbol y llama al anciano, ya vamos a sentarnos a la mesa del devocional.

Rodrigo va a las afueras del portón y le llama: —¡Querido Amigo. Ya vamos a comenzar!

Sin embargo no hay respuesta.

—¡Qué raro! —se dice a sí mismo Rodrigo—, no está debajo del árbol. Descenderé al río, quizá esté ahí junto a la corriente.

El monje descendió al río, pero tampoco encontró ahí al anciano.

Entonces regresó al monasterio y le dijo a Saverio y a los otros monjes que no lo había encontrado.

El monje Saverio se sentó a la mesa con los otros monjes y dijo: —Es muy raro que el anciano no se encuentre en su recámara o acá en el patio, tampoco en las afueras del portón.

Y añadió: —Quizá tuvo que salir a alguna diligencia, comencemos el devocional matutino y esperemos que ya haya regresado a la hora de compartir los alimentos.

Así pasaron las horas y llegó la hora de comer, mas el anciano no estaba en el monasterio.

Pasado el mediodía, sus estudiantes llegaron al árbol para tomar sus lecciones del día, mas el anciano tampoco estaba en el árbol.

Entonces comenzaron a preocuparse.

Saverio fue a su recámara y su lecho estaba tendido como de costumbre. Todo en su orden como siempre.

Así bajó la tarde y el anciano no aparecía por ningún lugar.

Pasó la cena y llegó la hora de la lectura, y los monjes ya estaban muy preocupados.

Esa noche se apagaron las velas del monasterio y todo estaba en absoluto silencio. Todos se habían retirado a sus recámaras, pero ninguno podía cerrar los ojos.

Esa fue una larga noche.

En las primeras horas de la madrugada, los monjes organizaron una expedición para buscar al anciano. Primero fueron al otro lado del río, luego a los sembrados, y buscaron en cada esquina de la aldea, pero no había señales del anciano por ningún lugar.

Otra tarde, y otra larga noche, y al día siguiente continuaron la búsqueda.

Buscaron en las corrientes por donde desciende el río y en los valles alrededor de la aldea. Enviaron mensajeros a las aldeas vecinas, a cada pueblo, y aún a la ciudad del rey, y no se halló rastro ni señal del anciano por ningún lugar.

Los días se convirtieron en semanas y las semanas en meses y los meses en años, y las esperanzas de encontrar al amado anciano comenzaron a desvanecerse.

De la misma manera que un día apareció en la aldea, así desapareció.

Todos en la aldea lo lloran. Han pasado años y todavía lo extrañan.

Muchas preguntas quedaron sin responder. Nunca supieron de donde vino, ni aún su nombre o a donde fue.

Sin embargo, todos tienen un profundo recuerdo y agradecimiento. La presencia del anciano indigente marcó sus vidas y la historia de esta pequeña aldea de una manera muy especial para siempre.

Existen leyendas.

Algunos dicen que del Oriente jamás se levantó ejército porque sabían que el anciano estaba vivo.

Es posible que sean rumores, cuentos de aldeanos... ilusiones.

Lo que sí es seguro, es que hasta el día de hoy, cuando usted está leyendo las palabras de este libro, la paz y la prosperidad jamás han sido interrumpidas en ésta, nuestra querida aldea.

JA Pérez

De la imaginación

La ficción realista del Doctor JA Pérez se caracteriza por su habilidad de
introducir y establecer conceptos y enseñanzas por medio de la imaginación
y lenguaje sencillo.

Escribe sobre mundos de continuas situaciones donde la mente de los
protagonistas reta la sabiduría convencional trayendo respuesta a cada
crisis con gran ciencia y aplastante lógica.

Más que historietas, sus obras en este género constituyen un reto a la
imaginación con moralejas y lecciones aplicables a nuestras más profundas
necesidades emocionales y espirituales en el mundo moderno.

Ver también Los Profetas de Gúlumm.

Trasfondo y otra literatura

Escritor, humanitario, moldeador de culturas y precursor de movimientos de
cosecha en América Latina.

Ha escrito más de 50 libros en otros géneros, como teología, escatología,
liderazgo, y sobre temas para la familia y los retos de la vida cotidiana.

Además, sostiene conferencias para líderes donde asiste a intelectuales,
así como a iletrados, en la adquisición de destrezas esenciales y soluciones
pragmáticas para comunicar esperanza con valentía en entornos complejos,
y a veces hostiles.

Sus concentraciones masivas y misiones humanitarias han atraído grandes
multitudes durante años en América Latina.

Él, su esposa y sus tres hijos, viven en un suburbio de San Diego en
California, desde donde se coordinan todos los proyectos de la asociación
que lleva su nombre.

Otros libros por JA Pérez

JA Pérez ha escrito más de 50 libros y manuales de entrenamiento. Todos sus libros están disponibles en Amazon.com así como en librerías y tiendas mundialmente. Libros con temas para la familia, empresa, liderazgo, economía, profecía bíblica, devocionales, inspiracionales, evangelismo y teología.

Serie Líderes

Esta serie está compuesta por doce manuales, con ejercicios y espacios para notas y tareas, de manera que el alumnado pueda recordar y poner en práctica cada uno de los principios aprendidos.

Los principios comprendidos en estos doce manuales también se encuentran en el libro *12 Fundamentos de Liderazgo* para ser usado en lectura regular.

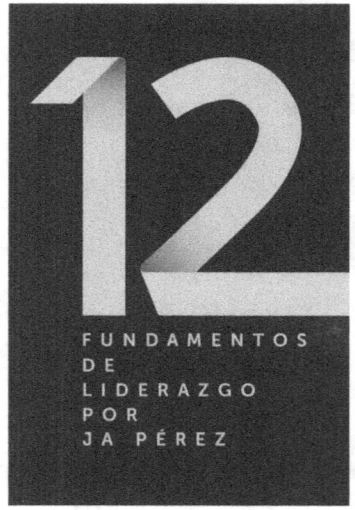

LIDERAZGO
IRREVOCABLE

JA PÉREZ

LIDERAZGO
INTELIGENTE

JA PÉREZ

LIDERAZGO
y CONSORCIOS

JA PÉREZ

LIDERAZGO
y GOBIERNOS

JA PÉREZ

LIDERAZGO
PRODUCTIVO

JA PÉREZ

LIDERAZGO
y CAPITAL INFLUYENTE

JA PÉREZ

LIDERAZGO
INSPIRACIONAL

JA PÉREZ

LIDERAZGO
TRANSPARENTE

JA PÉREZ

LIDERAZGO
y SISTEMAS

JA PÉREZ

LIDERAZGO
y DESARROLLOS

JA PÉREZ

LIDERAZGO
INVISIBLE

JA PÉREZ

LIDERAZGO
y LEGADO

JA PÉREZ

Series Conferencias

Discipulado para Nuevos Creyentes y Estudios de Grupos

Liderazgo, Gobierno y Diplomacia

Inspiración y Creatividad en Liderazgo

Temas Varios

Crecimiento Espiritual, Teología, Principios de Vida y Relaciones — Recientes

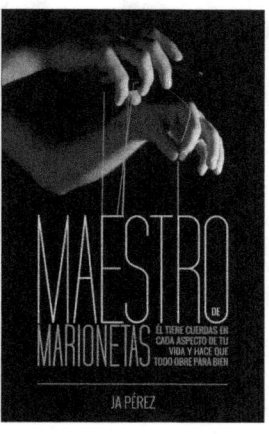

Profecía Bíblica

Evangelismo y Colaboración

Devocionales   Ficción

Crecimiento Espiritual, Principios de Vida y Relaciones — Clásicos

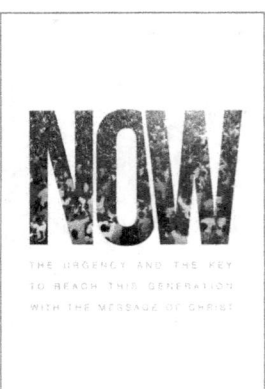

English

Evangelism and Collaboration

Contacte / siga al autor

Blog personal y redes sociales

japerez.com

@japereznow

facebook.com/japereznow

Asociación JA Pérez

japerez.org

Keen Sight Books

www.ingramcontent.com/pod-product-compliance
Lightning Source LLC
Chambersburg PA
CBHW060355180626
46817CB00008B/3021